我不知道夜

路南◯原作——月白◎和答

夜

目錄

一個人面對一個人

010 妾命薄
014 21克靈魂
018 我不知道夜
022 幸好
026 告別
030 你說了句什麼
034 帳單
038 不
042 曾經（之一）
046 曾經（之二）
050 未知的
056 認真
060 此刻
064 廿年前心靈故鄉石家莊已成某某
068 雲樹
072 一個不懺悔的週五
076 假裝
080 妄情
084 河堤
088 左上六齡齒
092 新年微笑
096 生日紀念

一個人面對一群人

100 抵
104 錯過
108 飛火撲蛾
112 借過
116 喞夢飛過
120 我愛
124 短長
128 花瓶
132 仿阮籍詠懷詩
138 夜
142 春夢
146 真相
150 兄和弟
154 迷路
158 新衣
162 %
166 罪
170 仙人掌的奴兒
174 幻滅
178 暴徒（之一）

182 暴徒（之二）
186 雕像
190 洪水（之一）
194 洪水（之二）
198 大地
202 繡花
206 錯位
210 新世界
214 觀景
218 風行草偃
222 野草旅行
226 新學期
230 毒酒
234 錯路
238 某些
242 王后
246 唯一的一
250 同舟
254 過盧溝橋
258 窗外窗
262 嘆詞
266 帳單日

270 先知的日記本
274 花之國
278 問答

一個人面對自己

284 記憶碎片
288 風沙
292 流
296 雨
300 重生
304 丟詩
308 五十一層雲間
312 飛
316 無端
320 狗（之一）
324 狗（之二）
328 還早
332 小雪
336 過橋
340 輪回
344 寄十九歲自己

一個人
面對
一個人

妾命薄

（仿徐照詩）

初與君相識
便欲肝腸傾
只盼君肝腸
與妾一般生
徘徊忘言笑
始悟情非情
餘情似無窮
悔思心空空

2022.12

他想找一個人，同心同道、同遊同好、同悲同憶、同相思同夢裏，太空浮游。

她想找一個人，同道同心、同好同遊、同憶同悲、同夢裏共相思，大海撈針。

誰吶喊？海天一色，自然而然，切莫遺恨。

誰走過？天空海闊，無緣無遇，何憾何愁。

◎◎◎

今日何日兮，搴舟中流。

多情或深情者，一生不免涉水走過一条情字之河。當時痴心一片、目盲成雙。回首睜眼，才見血流涓滴，已然成河。

有沒有可能給兩顆心相守、一段路同行的愛，無論短長，均設置一個水匣門？

——斷不允以相愛之名緊握的手，筋膜日益糾結，甚至漸漸如割腕般，鮮血滴淌、直流。

——只許讓兩顆重疊的心，各自一方旋轉自如地留白。輕輕牽握的手，時刻留有充分餘地，迎陽光自由進來、空氣自由盈滿、青春之泉無限湧現、生命之田生動花開。

是不是應該這樣，才不枉我們相愛？

21克靈魂

路南

一克埋在祖塋的土下
一克趴在母親的背後
一克被姐姐的哭聲嚇跑
一克緊握著弟弟的胖手

一克向髮小的氣槍投降
一克爲同桌的耳光不平
一克在告白的夜晚失眠
一克在拒絕的清晨狂奔

一克望著瘦女孩的照片
一克讀著胖姑娘的書信
一克獨自踏上遠行的列車
一克空守著夢裏的鄉村

一克印在初吻的橋畔
一克死在失戀的花園
一克被自卑踩在腳底
一克被狂妄拋出肉身

一克被新婚的妻子截獲
一克被嬰兒的哭泣圍困
一克忙碌著忙碌
一克無聊著無聊

最後一克靈魂
我滿眼熱淚，捧到日思夜夢的冤家面前
只聽道一聲：「汝何人？」

2023.03.22

據說，人死後會輕21克，是靈魂的重量——作者注我想採集生命中的另一種經驗，當我重新放映過往人生的投影片。

有哪幾幀教靈魂更澄澈，讓形容多笑顏；哪些齣膚革因此豐厚，筋絡由之輕靈。

又會否昨日迫我百孔千瘡形銷骨毀甚至魂飛魄散的酸甜苦辣煙景，今朝卻轉而能滋養富予這些？

生命之籃中的滋味，是走來一路的採集，是提籃者在意的連結。

當你我已然改變對命途中風波際遇的解讀，尤其注心這艘航行業海的小舟，從此乘御萬頃浪濤的方式。

◎◎◎

我心裡已經沒你了，因爲靈魂與你一起消失。再無

初吻與相戀，了無失戀與離人。

只是，在耗盡最後一刻（克）的靈魂之前，可否把

我急速冷凍？

那睡顏還掛笑夢裏，

趴母親背後的晨昏。

我不知道夜

（參徐志摩〈我不知道風是在哪一個方向吹〉）

路南

我不知道夜
是從哪一塊天空黑——
誰站在路口
誰的背影，誰的心碎。

我不知道夜
是從哪一塊天空黑——
誰不再歸來
誰的世界，少了光輝。

我不知道夜
是從哪一塊天空黑——
誰不再醒來
停在夢裏，有誰依偎。

我不知道夜
是從哪一塊天空黑——
你是否明白
虔誠地祝禱，招來鬼魅。

我不知道夜
是從哪一塊天空黑——
你可曾看見
吸你血的，你喚作「寶貝」。

我不知道夜
是從哪一塊天空黑——
你可有勇氣
遙望來處：白骨兩堆。

2023.04.13

生命的天色從哪兒開始黯了起來？我痴望她黑色眸子，無意間墨染延展成天空唯一顏色。漸漸，眼神流入長夜，心腸、膚革也是，如灰飛煙滅了。任由棄置在無明夜空。

忘了留住足以穿透眼神的靈魂、忘記護住心頭那盞燈。後來，只剩白骨未成灰、已成灰的他、他也來。

昨夜，借月牙的眼讓夜幕的芸芸照見，是一具白骨，娉娉嫋嫋朝你走來，二十年前。

幸好

（參徐志摩〈活該〉）

幸好你來得早，
絕望還未失貞！
想什麼未來，
骨灰的餘溫。

過往？——貌合神離的影，
瞽者的彩虹，聾子的復調。

恩是雨，仇是污泥，
誰去分黃河還是戈壁。

這笑臉不能不裝，
人生只有這一場宴席，
不論你肩多寬、身多高、肚多大，
鴆酒，一杯而已！

2023.04.13

與誰同袍，與誰同裳？
死生契闊，與誰成說？
執誰之手，與誰偕老？

血沃中原，故枝春花，
耕深一脈，衆志流長；
國之疆界，富足康強，
戍守護衛，一心同往。

有女同車，有子同行。
人猶故人，情非舊情。
斗轉星移，誰移兩心？

離離春草，湮滅天際，
久旱燎原，空遺戈壁，
鍾情若已，聚散何依？

告別

開始：是沒有答案的問題，
結束：是沒有問題的答案。

山吞下雲的一瞬，
我看見——
你趴在一個苦臉啞巴的肩上，
微笑耳語。
欲望堆成的環中央，
黑夜碎了一地。
——這便是我們，最後的告別！

2023.04.14

在告別與告別之間，我尋找問題的解答。直到山吞下雲，妳倚他肩，答案才被發現。

繼續走，繼續走，會不會有一天，重大發現？答案不在，之間。

你說了句什麼

路南

二十年後的這個早晨，
我記起了那個黃昏。

你說了句什麼，
秋雨淋濕了喜鵲窩，
烏鴉竊喜，石像落淚。

你說了句什麼，
警察滑倒在泥水塘，
小偷得逞，電影未遂。

你說了句什麼，
烏鴉爲喜鵲落淚，
秋雨爲石像滌罪。

你說了句什麼，
警察和小偷乾杯，
電影灌進泥水塘。

你說了句什麼，
我努力回憶未果。
一整個白天只收穫了兩行冰冷的淚，
黑夜來時，害他被凍出一道白色的疤。

22023.04.15

曾經那麼重要的
不重要了
曾經捧在心上的
心都涼了

忽然學會
在濃情密意的故事裡
觀賞一切顛倒的故事

你還說著嗎
忘與記而今
我都無意想

銀河星繁 不想再聽
珍珠碎落 滿地聲音

千古風流走過
蛙聲落在水塘

帳單

妃子笑 黑布朗
車厘子 貴妃芒
羊角蜜 黑金剛
黑美人 玉露香
上海青 貓耳朵
矮腳青 迷迭香
心裏美 婆婆丁
紅美人 綠美人

咖啡杯的吻，每次都是敷衍
你的微笑只有一次，不設心防
天黑之前，彈弓折了
我起身時，見到帳單上寫著：
「欠烏鴉肉炸醬麵一碗。」

2023.04.07

珍果 絕色 厚味 醇釀
愈美 愈苦 表素 心辣
青蔬 煎茶 禾糧 麵食
需淡 下來 仍留 餘香

低頭的時候，妳的名
字在食物裏，妳的影
子在菜單上，我們很

少對坐卻更……少對望
我眼裡的火……不合適
投影在妳眼底的水上

永不開啟的故事
風月的名字更長

不知前世來生
誰還欠誰的帳

不

字的臂膀冷峻 裂開，立在你我中間
四根鐵條鑄成界碑
我眼中的火借著醉醺的光 偷渡
與你的眼中的匯合
一首舊歌揮著利劍劃破謊言的虹
音符 雨雪霏霏
爲界碑披上冰冷的白衣

起身揮手，我用了十二年
下一個過客敲門時
鐵條合體 倒立
化作一支水晶透明、醇香共飲的酒杯

熱的 冷的 濃的 淡的
一杯一杯飲盡
酒乾語塞的背影遠去
鐵條重新扭成界碑
上面鏽著些許 莫可名的 情緒

2023.05.03

會不會那一夜，你已幻化成鳥類，用翅膀推開我，只是要我從此飛翔。不是拒絕。

會不會那條線，只是彷彿畫在學生教室的課桌椅，你寫作業課本必須攤開，就麻煩我過去一點。不是從此楚河漢界。

會不會冷峻的從不是你推開我的臂膀，是微醺的夜晚，我回放你自朱唇間輕吐的一字，百鍊成鐵。

重複自囚。

曾經

（之一）

矮牆下
碎玻璃，努力發芽
高崗上
新衣裳，拼命生鏽
一本未拆封的書，替了劈柴的宿命
無人住的灰盒子，奉送陰影

曾經，這裏沒有人
曾經，這裏有兩個人
如今，再也沒有人
只剩一顆破碎的心
不停回望，回望
那條沒有出口的路

2023.05.15

一顆種子，爲什麼？落地朝玻璃飛去。

是因爲琉璃太美嗎？琉璃是後來才扎碎的嗎？

——不要緊了，碎抑或不碎都是琉璃，只是不再美麗。

等誰來把大風吹，大風吹，落點祈求能是沃土，這回。

曾經

（之二）

路的盡頭是一堵牆
野草輕歌 單車倒地
暗夜明眸 攜手褰裳

路的盡頭是一堵牆
冰唇熱吻 枯木白楊
萌芽折翅 鴻雁心傷

路的盡頭是一堵牆
霧靄茫茫　紅雨瀟瀟
舊書燃火　玫瑰無香

路的盡頭是一堵牆
濃情鋪滿荒野　良人獨酌空城
禮物信物棄物　淚裝滿一整箱

你的哭聲是一堵牆
我披著你的白色絨襖，一直蜷縮在
我們曾經相愛的地方

2023.05.15

那夜身邊立一堵牆。忠實護衛，乍現春光。宇宙逆旅，無憾無缺。

卿我世界需一堵牆。尺方牆內，護衛小家的玫瑰、幸福與安康。

雙人世界需一堵牆。黃昏歸來，垂放羽翼，紓解奔忙而疲累的翅膀。

我的翅膀是一堵牆。護衛一時，你蜷縮的傷。直到
不斷振翅，已能飛翔。

你的眼眸是一堵牆。面朝牆根，我才能安然入睡。
不管北去南來，已然飛到多高多遠的地方。

未知的

已知的是，夕陽下山了
未知的是，兩顆淚乾了
已知的是，第一次錯過了
未知的是，第二次也錯過

已知的是，愚笨換你一笑
未知的是，嗔怒念念不忘
已知的是，羞澀包裹眞心
未知的是，哭泣掩蓋殘忍
已知的是，在你眼中，一頁潦草的字，一個無名的學生
未知的是，在我夢裏，一尊純白的像，一生無言的遙望

2023.05.24

我可能不會讓你知道
我一定不會讓你知道
蝴蝶吸吮花蜜的時候
這般春與溫度剛剛好

我可能不會讓你知道
我一定不會讓你知道
你側過臉寫黑板轉身
擡頭短暫凝視正剛好

卷子的右上角你打分
看出來了嗎窗外的窗
太遠映現不出字行裏
落過的淚與傻傻的笑

他永不明瞭只我知道
廿年風雨模糊了天地
吹落自零自落的青春
仍翻不過那一頁潦草

我一定不會讓你知道
我可能不會讓你知道
未曾相許的相許兩造
埋葬白雪覆蓋的雪白

點點雪落都剛好。

認眞

清泉滌身，晨露沾衣
粉黛朱唇，烏雲鶴頸

約素嫋娜，顧影奪魂
白玉手輕輕拂過百褶裙
冰水晶的鼻翼貼著耳畔
如雪如電的指尖，緩緩地、輕輕地攫住我的心
然後，用一字謊言將它融化

2023.05.29

七年男女不同席，見不多、識未廣。周禮八歲入小學，歌樓少年聽雨，八歲到十六歲——初從皮相、形貌賞起。

寶馬雕車香滿路，笑語盈盈暗香去，十六歲到二十四歲——九分皮相、形貌，一分或分毫自皮相、形貌間，洩漏幾許骨髓與靈魂的消息。

衆裏尋他千百度，廿四歲到四十歲，驀然回首——從皮相到骨髓，從形貌到靈魂，孰才是孰的至關緊要？誰才是誰的不可或缺？

江闊雲低，西風斷雁，客舟中四十歲到四十八歲，少年易老，剪燭西窗——欲誰共守，寸陰韶光？續今生緣、待來生意？

究竟積累多少修爲？才能累世初見——便從眼神、呼吸，直抵魂魄會你。抑或斑駁兩鬢，依然醉倒在畫皮懷裡？

此刻

從我的未來回到你的過去
朽目迷惘，琴心自殤
從你的未來回到我的過去
枯目乾涸，痴心自忘

從我的過去來到你的未來
血目狂流，丹心自戕
從你的過去來到我的未來
淚目無痕，冰心自藏

此刻，但見情愁生，不知恨誰去

2023.06.06

無色無味無嗅的時間，無形間主宰著這世間。嫌早的明朝恨晚，生遲的來時已老。天地不仁，天造地設，分明珍稀的邂逅，都安排差那麼一些些、一點點，茫然不曉得過錯還是錯過好。

身所嚮、眼所見、衆人耳目、屈指流年，仍執著於感官的一天，眞心自騙。

盡銷愁日，再無恨時，誰能？

待，無所待；望，無所望。以穿透靈魂之眼，照見：多剛好啊！信服造化者說。

抑或就等。待「你」「我」都羽化，梁祝成蝶那天。

老聃說：「吾所以有大患者，爲吾有身；及吾無身，吾有何患。」

廿年前
心靈故鄉
石家莊
已成某某

名字寫在水中
身形在圖畫裏
聲音湮沒

只剩一小段若思若忘的惆悵
繞在指腹
一抬手
淚水點燃，相片融化
我在記憶的河裏溺亡

2023.06.07

這是一座具體的世界。具體的房舍、具體的炊煙、
具體的相守愛恨與離別。

穿梭在具體世界裡的一身風塵，
不是沒有過將就、湊合與苟且；
但請原諒我活著，無法只爲有生之年，
這卽將灰飛煙滅的一切。

在世界之上、世界之外，在世界之內、世界之中，
有一座夢的時空，與此重疊。
有寫在湖面的名字、留在畫裡的人，
有害怕逐漸湮沒在十里繁華中的淸音，
有段綑綁在無名指節的絲線，
牽繫著我與母親臍帶相連的落地初心，
別再抽痛，讓它成圓，赤手空拳。

直到我在食色功利之海中溺亡才發現，一個靈魂與
詩，可以安居的國度。

雲樹

（與G君相識十年，重讀《詩經》後輯）

路南

悠悠昊天，赫赫神洲
山川悠遠，河水泱泱
情義君子，寤寐求之
求之不得，良緣成之
自由之路，容忍之度
適之盜火，紅星遠照
環肥燕瘦，不可求思
雲樹元白，福祿將之

振振君子，把酒言歡
死生契闊，戲謔觥籌
未見君子，憂心惴惴
既見君子，木瓜瓊琚

樂莫樂兮，舊雨新知
無少無老，樂不思鄉

勞力亟亟，勞心怛怛
哀憂誰知，亂我心曲
槁木其形，收放其心
捨身外物，福祿長久
君子有酒，燕飲以樂
笑談宇宙，醉論乾坤

2023.06.26

渭北春天樹，江東日暮雲。
相遇知何處，浮萍大海中。

相知何如，堪稱知己？
情至如何，可謂至情？

立德、立功、立言，儒家覓三不朽；那麼，在歷史
泛黃的扉頁裏，誰爲我們立情來？

是李杜，是元白。

有那個人並世活著，使你的價值、你的夢，不再孤單。詩人教我們緣何遇見兩顆心依然鮮活的人間知己、至情典範；然後沉潛其間、孺慕陶養，便也在十里紅塵、汪洋大海中，拭目以待起：可遇而不可求的那個人。

一種無待於外的拭目以待。

為了人活一輩子那千萬分之一可能性的到來，把自己活成更鬆柔、更遊刃有餘、心身都更盈滿微笑的樣子。好讓相遇的那刻，無論是灰色的、藍色的、抑或金黃色如陽光燦燦的你，都能認出我來。

一個不懺悔的週五

那天，紅色黃昏
一束花椒，背棄了辛香

萬民咆哮，癲狗陷入沉思
一則契書撕毀，天涯二人
荒地豐饒，澤國地裂
燈滅時，踏上鬼之途
要獨行了，惡欲化作順從的伴侶
攙扶著你，一步一步，緩緩地
送君到　閻羅十殿

2023.07.15

花椒自哪日起失去花椒的味道？情人從何時起對戀人了無眷戀之情？

人心荒蕪擱置了思考，空遺吶喊相隨權利敲打戰鼓咚聾舞動咆哮。

在街邊側頭不解的邊牧，獨立沉思。

當燈火闌珊的世界顛倒如斯，錯踏的步履通往的，是深不可測的底，那距離天堂很遠更遠最遠的地方。

假裝

一條老路上，偶遇自己
陌生的熟悉，忍不住問候回憶
歡聲笑語，侵染了每一句

心照不宣，二人都有默契——
我們必須假裝，我們都已忘記
那一段一段，硬似鐵、純如晶的
誰都無法抹煞的過去

2023.07.17

誰是你鏡面的折影，
誰是你宿昔的知音，
誰風雨中持傘走來，
誰黯夜裏雲破笑開，

誰心意不說你一樣明白，
誰缺席你願用一生等待。

人間世倘真有這等遇逢實在太奇怪，
唔面禮貌行禮不敢對視
匆匆走開。

妄情

我待君若有情郎
君待我若金魚草
今宵酒醉思縹緲
明朝一別路遠遙

我待君若情義郎
君待我若胭脂雲

山花一片望月心
斗轉星移了無痕

我待君若舊情郎
君待我若白襪泥
初見曾聞言如蜜
重逢一笑忘姓名

2023.07.29

我仰視。倘能從絕美的胭脂雲中灼見煙花，從絕美的煙花裏覺知刹那。

那麼與君初見，我便不會從此目不轉睛，目不轉睛，目不轉睛。

直視煙花落下，櫻花落下，雪花落下，和雪成泥，沾上你雪白的襪。你途經，你走過，你路過，你曾用一眼俯視過吧……。畢竟成爲刪節號故事便無法再長，匆匆句點。

未曾在我枕邊的，卻仍在枕邊輾轉反側。夢裡，我仍在泥地裡，你仍在天上。

河堤

藍色誓言，種子埋進樹根
並坐河底，你我皸裂肝腸

路旁仗人，鳥語獸行魔舞
遠處泥淖，乾涸未見滴行
黃昏時，你振翅遠飛
破曉前，我假裝懺悔
巨洪來時，種子哼唱
我在水中刻下自己的名字　殤

2023.08.06

草花爲戒，種子爲盟
河床無水，舊也新房
十四十六，並坐天床
河枯石爛，廝守一方

青色的夢，不醒就長
一滴一行，落我頰上
天色未黯，卿已遠翔
洪水湯湯，廿年過往
種子无名，思之獨殤

左上六齡齒

空氣太乾，漢堡太硬，咖啡不是我的伴侶
正月太熱，火車太舊，拒絕後你何苦同行
前路太短，新人太老，離開後再也離不開
行李太輕，心緒太重，對坐時請時鐘暫停

入口，誰出了一個怪主意
出口，誰的手來搶奪行李
劇本寫得差強人意
最後一幕，呆凝著你的絲襪和裙衣
我的 期待 失落 羞辱 不甘 幻想 妒嫉
還有 虛僞的祝福和莫名的欣喜
逃進霧中，孤零成一滴雨
背影消散前，軀殼放逐情緒
卻疼碎了一顆六齡齒
也好——權當是路人甲的銀幣

2023.08.30

想過此生或可共度的一個人，
一生只會萌出一顆的六齡齒，
人轉身而去、牙脫落的時候，
才領會分秒不曾真屬於自己。

才情願學習己心的自主自治，
逐漸自信自立自然自由自在，
不再把心疊靠在哪個人心上，
愛惜定然廝守一生的心與身，
相照相映相輔相持推己及人。

迎向波濤仍動盪起伏的命途，
駕御新的導航，從此真擁有
心的堅強、心的餘地、新的
鬆柔與新的航向。

每一次失落的滋味，只留
淡淡的無待、暖暖的祝福，
並感謝供己心成長的相遇。

新年微笑

時光在這一秒皸裂
笑容在這一秒凝結
之前是一天一年
之後是一年一天

情緒在言語中開路
言語在情緒裏迷途
紅色毛衣遮不住紅潤的臉
灰色眼眸藏不住躁動的心
這一秒後，
總有一位姓名，會先忘記對面的名姓

2023.08.30

倒數跨年那一刻，不由自主地深情相擁，相視而笑，閃爍滿眼星斗燦爛如煙花，曾經是我們的天天。

一天一年。

走過時空的哪一點，與你之間，只成市府廣場與萬民一起跨年行禮如儀的擊掌歡呼。

掌心溫度的感應與傳遞，一年也就這一天了。

生日紀念

太淡，未滿四個月
太濃，不過四十分
太近，兩如芒刺背
太遠，一萬里分身

初見，是咖啡廳
重逢，在東倫敦
十六年情綿恩重
莫回首兼忘紅塵

2023.09.12

情綿恩重如此美麗的詞彙，不懂爲什麼周遭被不這麼美麗包圍。

什麼時間是相愛之間值得紀念的時間，什麼空間是所愛之間自在悠游的空間，什麼地點是一雙儷人或離人想不斷重返或不敢重返的地點。

無法經由測量而得的距離，只能交由心來感受。獨立在疏遠的關係裡憑弔親密的曾經。兩葉浮萍大海中的惜緣，竟如何翻成大海中，浮萍一片。

故事中人是否仍同旁觀者想翻轉結局成眷侶神仙？倘初心本同，不變。

抵

玲瓏慧心，青絲白襪
抵不過俗世一凡夫
少小與共，潦草笑語
抵不過怒眥兩掌摑

遠姻猶在，近情早歿
抵不過嬉戲一占卜
餘生渡盡，不舍晨昏
抵不過情仇兩錯過
且忘，誰識鏡中胖姥姥
若共，連理枝合心未合

2023.09.08

在水位之上，快鍋是安全的，不會爆炸。
在水位之上，熱水壺是安全的，持續供給日常飲用所需。

也來屈指合計，相愛相殺、相抗相拒、相消相抵，我們的愛情啊，剛剛好停格在水位線，偶爾恰如其分地猶疑。

只要我還能擁抱，偶爾擁抱我的你。

錯過

我錯過了，一支玉臂
你錯過了，一間煉獄
我錯過了，一刻竊喜
你錯過了，一幕鬧劇

影中，忘情地敲鼓
暗裏，未知的蜜語
怎不念，美人雙眸
豈不怨，誰敢違命
錯過一個過錯，欣慰我們一起
只是——
一張蟬翼晶瑩的心的切片
遺失在舊影院的座椅

2023.09.15

蜻蜓點水，乍然而飛。是錯過？還是對過？

我們的半生，是否仍將如是不已地活在這樣的對錯裏，於是有愛、有恨、有歡、有憾。還好有詩。

平凡的滋味如此酸甜，酸甜的滋味又如此不凡。跫音已杳，身影不退。月亮升起的時候，便又點亮，你藏在內心閣樓底層，那本今生之書。書的第九十九頁，第九十九頁的第九點九行。

那一頁沒有灰，因爲你總來翻閱。那一行有乾了的淚漬，濕了又乾。

飛火撲蛾

迷錯的流轉，流轉的迷錯
我以爲的，不是你以爲
昏聵的清醒，清醒的昏聵
你蹙眉的，不是我蹙眉

唯一的無盡，無盡的唯一
有所謂的，不是無所謂
凝結的融解，融解的凝結
無後悔的，不是無後悔

故事裏，沒有飛蛾
只一團獨行的火
幻想著，與什麼齊飛

2023.09.15

痴人在有限時空中追求不朽的情愛。
情愛在浩瀚宇宙中埋葬有限的痴人。

月白

後來痴人都不再是專情之人。情感專用的薪柴早丟進柴窯裏燒，只等雨過天青雲破處，這般顏色作將來成器，就交付文物單位貢起來。

自燃自廢自隕自成。

借過

纖腰秀項，櫻唇玉手
情眸依然，目炫神奪

從你身旁借過，借我半生蹉跎
前世空餘一吻，莫問一吻幾何
愁顏戚容，秋波流恨
吾是舊人，何苦撩撥
一刻一刻銷損，一隊一隊靜默
身活著心死了，誰問情仇幾多
三刻三年，何人不老
一夢一生，旁白青澀
借過之後忘了，自己要還什麼
奢望你還是你，慶幸我不是我

2023.11.14

・某夜，夢見長長的隊列，我想從中間穿過去，可是找不到空隙。直到，看到ZH側身，讓我借過。走到另一隊，卻已經不知道自己要幹什麼。夢裏，她還是二十歲的樣子，身形消瘦，眼神憂鬱，只是，好像我們都已歷盡人生，對彼此再無任何渴望與失望。長隊，似排隊等死。——作者注

「你」下過的一盤棋。「我」在棋局已殘時覆盤。

「你」與「我」，可能是不斷以續航的熱力面對生活與生命的人，可以是情感上弈棋的對手，不妨是路過賞觀殘局的同好，更可能是昨日之「我」與今日之「吾」。

比方年少僅爲容色目眩神迷的自己，對話更覺人生需有共同歸往的後來，又或對弈尤其在乎對方可否是能教自我心身更加富足的旅伴。

那麼，是否你也如是反思、覆盤過人生的棋局：

「從你身旁借過，借我半生蹉跎。」

然後隨著生命的愈趨成熟，微調、修訂愛與被愛的
條件與用情軸心？——無論是自我生命湧現的，抑
或你將被吸引的。

於是回首處曾教你落魄、苦痛的情愛，就有了不同
的生命樣態。比方會愛上這樣的「你」：
從你身旁借過，
借我半生閃爍。

比方能陶養這樣的「我」：
從我身旁借過，
借你半生閃爍。

啣夢飛過

我啣著一個夢從你頭頂飛過
夢中，一張方桌，二人對坐
飛兩萬里，飛不過咫尺心牆
記三千夜，記不得一絲蹙額
我啣著一個夢從你頭頂飛過
夢外，一顆冰心，情書幾摞

飲十杯鴆，飲不盡新秋情冽
歌百首詩，歌不完舊春似火

我啣著一個夢從你頭頂飛過
夢醒，暗夜裹身，疏星遠闊
吻一朵雲，未相逢冷面訣別
尋萬條路，尋不見佳人如我

2023.11.15

我啣一個夢從你身邊飛過。自愛先於相愛，相愛先於深愛。羽不落，翅不折，我不負我。

我啣一個夢從你頭頂飛過。確認過眼神，確認過掌心，確認過念想裏足夠深長的在意。

並確認過夢。你的夢中有我，而你的大夢裡，剛好也包覆著我的小夢。

在湛藍夜空中便有千堆雪雲，與君同賞；無數顆星芒，與君同看；多少回月華，與君同望。在亙古宇宙中便有如是短暫航程，允彼此齊飛、共渡。

我卿一個夢在無數遇見中飛過，襟懷時刻璀璨，生命日益磅礡。

我愛

我愛我的謊言
字字堅若磐石，句句顛撲不破
我愛我的幻覺
時時璞玉無瑕，處處一白無染
我愛我的虛偽
過往眞假一面，來去大同和諧

我愛我的卑怯
天地爲之不解，人人尊爲暴烈
我愛我的枯萎
敗葉枯枝內外，新衣脂粉日夜
我愛我的嗚咽
束心強顏分分，淚做冰飲月月
看——
我哪有空愛你！

2023.11.26

年少之愛，不知所起，心神就此，一往而深。如若彼圓幻滅，隨時由一己來塡，補好那自我預期中的和諧圓滿。

不斷說服，之間的愛定能堅若磐石；所選所愛從來璞玉無瑕。

可憐人心唯一無法騙成的便是自己，自己對自己訴說的謊言總自知幾分眞假。執迷此道於是用盡力氣，最後再不自知這是對圓滿的信仰還是詛咒。當所有的追求成爲苛求。

哲人智者，才會要我們把對圓滿的航向與在意，歸返一己的心身之上。

此外隨緣，如天地自然。

短長

一秒鐘太長，歎息幾次
三生世太短，不夠說訣別詞

白霜鬢太長，不敢相思
暗雨夜太短，熬不出三個字

一咫尺太長，情若遊絲
三萬里太短，恨相似也不似
空掛記太長，念茲在茲
蝴蝶夢太短，歡於斯悲於斯

心向天山血向川，空餘此身無情譚
——請問：你呢？

2023.11.30

給一秒鐘說愛你
收緊又放鬆全身

周天裏總是圓滿
捨不得一次呼吸
三生世仍舊省略
兩葉萍訣別無辭

成蝶的都已飛去

守一樹靜督爲經
雨夜裏緘默無聲

淚太燙怕眼望穿
相思繞疏星淡然
神凝忘今生之約

海記得山海無語
山記得海山默然
不離不別不相信
雲行萬里心依然

花瓶

一瓣鬱金香埋進荒沙
一朶紅玫瑰墜入血泊
一束康乃馨撲向火焰
一捧乾枯枝廝守暗河

無色的染過，染過的無色
朔月掩簾，流星有惑
暖日白光，孤蝠無歌
片刻的芬芳，芬芳的片刻
舊瓶空心，何似你我
不見佳人，但聞囑說：
栽幾支假花吧，看上去也不錯！

2023.12.02

讀Ezra Pound的*Ts'ai Chi'h*有感——作者注

憂鬱入夜黑無語
相思染藍靛成河
雪化失純白顏色
烈燄焚楓丹赤忱
霧面掩水光唇吻

衆色悉用罄無色

一赤子赤足走來
眸裏有藍天雲白
裙兜裏瓶花綻放
幾朵趁今朝盛開

仿阮籍詠懷詩

夢醒輾轉苦，起身撫吉他。
舊簾映熹微，秋風瑟渡鴉。
孤情牽北海，兩忘在天涯。
踟躕問何人，舊思餘幾匝？

2023.09.08

最遠的地圖才能繫住最熱的線，
被風吹涼的最熱的線，才會在夜裡復活，
撩撥起弦腸一時斷的瑟瑟心弦。

遼闊寰宇中你是否也曾詢問過蒼天：
你還念想著想念你的我嗎？

一個人
面對
一群人

夜

夜，籠蓋著我，卻被星光刺穿
疼的不是我，是你
你留給我的，只有這僞裝的恐懼

2011.4.11

家、職場、社群，所有環繞著生命與生存的時空，
當一個人被有所不得已的黯夜包覆重重，你可有過
偽裝的勇敢？抑或偽裝的恐懼？

——如果暫時等不到明天的太陽，仰頭可見黯夜的星光！詩人說。

春夢

二〇二三的春天，我做了一個春夢
夢裏，我站在東經118的上空狂吼：
請——
把藍色還給蒼穹
把紅色還給玫瑰
把綠色還給青草
把白色還給流雲

請——

讓你口是心非的主義腐爛
讓你既要又要的承諾夭亡
讓你非驢非馬的口號沉沒
讓你不倫不類的想法乾枯

餘音褪散，無人與聞
夢醒前，我墜入一片名叫「重蹈覆轍」的火海

2023.03.20

是紅日嗎？

是初雪嗎？

是鶯啼最高枝的新芽？

還是想見你時對海的無涯張望？

誰共我重返太古之原始，見識顏色發現的最初。

彼時未曾判分，無從也無需復合。一如色卽是空，
空卽是色。

可憐混沌鑿竅日，血流成河時，此刻人誰照見五蘊
皆空，度一切苦厄？

眞相

塞外金秋，敵不過口外寒夜——飛雪凌土石
江南三月，熬不住嶺南酷日——沸雨煮山茶
一幀一幀的四季挾著罪行，被大地母親收藏
過往的眞相，似瞽者的黑暗一般完整、強烈
眼睛睜開的世界，卻尋不得她半點身影

2023.03.26

據說，人類是萬物靈長。假若願意參贊天地之化育，大可復育山綠、水澄、天更藍，星更光。

但是並沒有。

本以爲是光明與良善的匱乏，最後教人屏息無言的，是過度完整的黯黑。

於是尋常小民也學會穿上夜色斗篷，並且緊緊摀住胸口。

千萬不要洩漏，心靈的虛室裏，還有光。

兄和弟

妖婦過來說：「你們本是兄弟！」
哥哥不信，弟弟狐疑
兩只右手握在一起
兩只左手各藏暗器
妖婦又來說：「你們不是兄弟！」
哥哥歡心，弟弟樂意
於是殺伐

於是噬血
於是吃人
於是……

哥哥被趕出家門，改了姓氏，兜裏只剩下十三塊
弟弟不允許哥哥回家，也不承認他改姓
哥哥再也不知道自己是誰
弟弟卻假裝知道

2023.03.27

你說是誰——誰？有足夠的權利、足夠的智慧、足夠的偉大，足以決定你我之間、群體之間、國族之間，乃至星際之間，不允悔改的關係。

可憐芸芸，如草介般地信了。隨之俯仰，隨之聚散，還順隨一把火，在起風的日子，自焚。

迷路

黑夜的火焰讓血的溫度升高
與身俱來的鎖鏈似快要熔化
「我－將－自－由－了－嗎？」
不合時宜的字在血管中迷路

冷下來時，冰鐵壓碎了肩膀
鐵鏽走進血管，讓迷路的字乖乖回家

2023.03.28

人類在血液中流淌的嚮往與倔強，總會在充滿碌忙與不得已的白晝中入睡、陣亡。

沒人敢讓它在白晝裡醒來，醒來否定茫昧的辛苦與人生。

入夜，又渴望它醒著、脈動著、活躍著。害怕萬一它若再沒機會從骨髓、血脈、舌齒唇吻間，奔流而出，那自己還算不算眞眞切切地活過？一輩子、一年、一季、幾時幾刻，眞屬於自己的人生。

我活著，但，我眞的肆無忌憚地活過嗎？

新衣

乾淨的你被扔進舊洗衣機
按下最長的程式
三千鏽菌伴你在水中嬉戲
結束時，音樂響起

雨後陽臺的白光，讓你重新站立
卻帶不走哪怕一寸衣角的黴

2023.04.06

想穿一身潔白，想穿在白裳裏的身子能更潔白。

才跟著排了好長好長的隊，裹著潔白衣裳縱身躍入洗滌過程不停響著上下課鈴的「洗衣機」牌「刺青機」。

滴滴滴答答滴，紅的、黑的、藍的、綠色的墨水穿過衣裳、刺進皮膚、滲進比皮膚更深入的底層。

從領口被拎出晾在社會陽臺時，通體周身，盡成不由自主、不得安寧的五顏六色。

一百次思念
換
幾聲呢喃
一百次遙望
換
幾聲呼喊
一百次微笑
換
幾聲寒暄

%

一百次誓言
換
幾聲耳畔
……
一百顆子彈
換
一千聲鬼哭
愛：一百換幾？
恨：一百換一千。

2023.04.26

愛，是可以選擇的嗎？

那爲何我用盡力氣卻只能孤單地跌坐在蹺蹺板的此端，而沒有選擇起身，離席，結束遊戲。

這天地之間，有多少沒有退場機制的「關係」？是親子嗎？家、國嗎？地球啊，也包括我跟您嗎？

捫心自問：誰眞是教你九死而不悔的，永遠的情人？

不對稱的愛，屍橫遍野。

對稱的愛，比較慈悲。

罪

我的罪
雨不能滌
雪不能掩
我的罪
光不能透
火不能溫

我的罪
百里風沙不能銷磨
萬年岩漿不能熔化
我的罪
我的死不能抵償一絲
我的罪
刻在地球還在轉動的每一個白晝與黑夜的天空

2023.05.04

能量不滅的邊界，是地球？太陽系？還是宇宙？
能量不滅的品類，是言？是行？是愛？還是罪？
哲人說罪，詩人說罪。畢竟要完成美好，需要長期
努力和累積；可一旦爲惡，想改變卻已成事實！

所以哲人教我們存活世界之中如何保有不受攪擾的
淨土，寄託在種種不得已的境遇中陶養一己內在的
心靈，把己心鍛鍊成能遊刃有餘地駕御萬物紛擾，
無論環境怎麼改易內心都能保持自在安適。

詩人則常保直面自我缺失永不迷盲的雙眼，
正因保有反省能力，所以能由衷懺悔既往，
也因此才能走出不重蹈覆轍的生命詩篇。

仙人掌的奴兒

仙人掌的奴兒，期待鐵蒺藜的吻
孤獨一滴一滴流淌，綠葉染紅
仙人掌的奴兒，渴望食蟲草的牙
喜悅一層一層包圍，花瓣安睡

仙人掌的奴兒，長不出帶毒的刺、欲望的花
只剩一節乾枯的根莖，沙海迷途
多事的新月沒忍住，派一顆流星悄悄告訴他：
「嘿，小傻瓜，你的曾用名是　玫瑰！」

2023.05.07

你的吻，和我的安睡，活天地間這般想望，堪稱卑微。但想望卑微，並不表示就容易擁有。

當玫瑰落腳仙人掌身邊——蓬生麻中，可憐依舊百轉千迴。

當玫瑰置身仙人掌、鐵蒺藜、食蟲草之間——白沙在涅，不知道黑。

許待死亡來臨，仙人掌、鐵蒺藜、玫瑰，最後留在天地間的，是如此相似的一節乾枯根莖，無大不同的骸骨身影。

可有生之年，仙人掌的奴兒，無法綻放出花朵的玫瑰啊……卑微的安眠曲與情歌，誰爲她唱？

幻滅

清晨，遠處傳來死神的耳語
空蕩蕩的陽臺
裝不下我的嘶吼
安靜的庭院，陷落的大地
火的河流，夏的冰冷
地獄的號角啊，只需一聲

四十八年的大夢，乍醒
自此，身似鴻毛，淚如山石
自此，星空再望不見北斗

紅色的誓言寫在白色抹額上
過去、現在、未來，都將被血侵染
我奮不顧身，奔向那團火焰
明知救不出
一個個被魔鬼攝了魂的孩子

2023.05.10

理想主義者的夢有多長，醒，就有多傷。
理想主義者的信仰愈堅固，粉碎，遍地荒涼。

多半崩潰理想主義者的正是理想主義者。弱冠年華也曾奮不顧身，拼搏在甘願爲理想之神獻祭的地方。

如果還有來生。死性不改的理想主義者，會不會願意把夢，築在自己的心上。

暴徒（之一）

路南

迷人的暴徒
（慶幸，我已經忘了你的名字）
俊俏的唇，敗腐的舌，藍色的血流出眼窩
一群嬰兒爲你拙劣的腳步神傷
摔倒的影中，一粒塵駝著一個謊

「我只是拿回原本屬於自己的」
你一開口，我已將你點燃在時光機中
直到化成一掊土
排隊——和之前的暴徒們一起——鋪在你摔倒的路上
等著人踩平

2023.05.13

從學校的操場到持續競技的職場，每個人的腦海中，是否都藏著一段際會霸凌者的記憶？而被凌遲、耗損的，可能不只是顫抖的身、慌張的心，還有像弱小凝視巨獸的眼睛。

直到能用看途中遺落一抔土的眼光看曾經的霸凌。
直到檢視自己的身並沒留下結不了痂的傷痕。
直到發現「心」能憑一己善用心靈的方式護住。
直到懂得霸凌者反作用於自身的霸凌。

你的人生便不再被旅途中的石子阻擋，不再蹲下來端詳石子的形狀。跨不過去的就繞個彎走開，繼續你不在意路邊石的璀燦人生。

暴徒（之二）

路南

卑微哺育出碩大的身軀
貪欲哼唱著情人的喪歌
血色黃昏侵染血色的唇
可憐的暴徒，渴望一把火鞭

無知鼓噪了沖天的氣魄
殘酷變幻出閉環的輪回

灰色荒野吞噬灰色的心
可憐的暴徒，渴望一把利劍

暴戾編排出順從的音符
恩惠收買了節烈的膝骨
黑色天臺滴下黑色的淚
可憐的暴徒，渴望一座燈塔

晨光碎裂了謊言的外衣
風沙塗抹了春秋的幻夢
無色世界原來無人無物
可憐的暴徒，渴望有人聽見他的哭聲

2023.05.24

詩人不說假話，詩人只見眞章。

能洞見碩大形軀裏寄寓的，是自卑、無知、殘忍與無邊無界的貪欲，而非靈魂的高尚、慈悲與光明。

就能照見富有中的匱乏，惡極中的可憐；就能聽見三百年後人間世的罵名與來自陰曹地府的哭聲。

雕像

謊言的母親哺乳著謊言
可是父親，重男輕女
他，渴望另一個完美的自己

可憐可憐，身體已經敗腐
無法複製一個繼承者
於是，他給自己塗上顏料
站在祖輩屍骨堆成的坡上
妝成一座不朽的雕像

2023.05.13

爲自己留下雕像的人，想雕塑的，是在他人目光中的臉面，而非自我生命的實相。

但朝暮之間粉妝臉面，卻需要花費一生太多的時光，並且不斷在衆人的目光中攪擾心腸。

而附屬的謊言的誕生，往往開啟的是無法停工的製造業。沒有人糾察，也給人生平添滿滿負面的能量。

扣除這些無謂，此生剩下的命，就很短了。

洪水（之一）

一寸一寸上漲
一里一里漫延
快到了嗎
已經跨過絕望的屋頂
到哪裏了
已經洗淨殘忍的新衣
小獸們被喚醒

互相撕咬　惡欲橫流
洪水混著汙血繼續前行
時而靜謐吸嗜，時而奔騰狂吼
跨過絕望之後的絕望
洗淨殘忍之中的殘忍
唯獨不會沾濕哪怕一寸的
大獸們的衣袖

2023.08.04

泰山崩前，洪水滔天，極至的天災與人禍，恐都需要極至的心靈境界甚至連同專氣至柔的體況，才能澹定以對。

我於是想像接輿說的那位能與萬物合而爲一的神人啊，就處在這場洪水裏，一里一里漫延，一寸一寸上漲，在已然無所待於外的眼眶中，哀民生之多艱——滅頂之時，是否仍會有如雨注般的淚，爲蒼生留下？

洪水

（之二）

這是眞的洪水
湮沒田地，湮沒菜園，湮沒門牌號碼
這是眞的洪水
燕雀驚飛，鼠狗逃亡，人獸隨時異位
這是眞的洪水
黃色的，渾濁的，裹挾一切生死的

這是眞的洪水
不是愛，不是恨，不是任何佔有或捨棄的欲念
這是眞的洪水
大禹無蹤，也沒有諾亞方舟
這是眞的洪水
它來時 希望夭亡
它去時 絕望複生

2023.08.04

我要失去你了。失去今生今世所有的付出，所有的念想，所有的綻放與凋零，所有的希望與絕望。

本該是生命的退潮，誰遣洪水，來這場絕情的、無情的、薄情的、多情的、深情的，死亡預告。

一刻鐘之內，願與不願，你勢必都將割捨。

雙手隨時可以撒手的，心即刻放心得下的，靈魂才得以飛升，而非吸嗜沉淪於大洪水中。哲人說。

大地

母親哭了，紫光照天，血河在空中流淌
母親哭了，洪水覆地，濁雲在影中激蕩
母親哭了，拒馬河嘯，太行石飛
母親哭了，桃園義斷，荊軻有悔
母親哭了，石佛腸斷，龍虎眸碎
母親哭了，四時離亂，夏雪冬雷

母親哭了，看——
逆子們還在搶食母乳

2023.08.06

濫砍濫伐的人兒啊，回到家也給新娘毀容了嗎？她恨嗎？

零丁暴雨，土石流滾下正中自行車群路過不耐打的學生頭顱時，不被通緝的殺人犯啊，睡得香嗎？

你恨朋友恩將仇報的時候，問過自己：對大地好過嗎？給它種過一棵樹、護過一枝花嗎？

廢水流向河川，毒液倒進海洋，毒娘弒母後，還在國際街頭巷尾，神彩奕奕、若無其事地與鄰居招呼喧嘩嗎？

不會控訴的母親，護佑孽子的母親，牛山濯濯的母親，江河日下的母親，地覆天翻、肝腸寸斷的日連夜啊，您，疼嗎？

都以爲婦德沉默無語。待到海嘯喧天、洪禍奔流那日，慣不語的母親悠悠傾吐三字：納命來！

繡花

路南

謊布上再繡一朵小花
花瓣綺麗 嫩莖妖嬈
舉止如七十年胖嬰孩
言談似十六歲賊老鴇

謊布上再繡一朵小花
醇同佳釀 芬若春桃

朱唇啟 英雄歌遭萬人唾
回眸處 劣奴詞勝楚離騷

謊布上再繡一朶小花
只是一朶小小的花
你沒有種子
明知你的假
看過你的人
卻爲你生出一個一個嶄新的 謊話

2023.08.10

都渴望天下太平。但只要人類繼續存在，紛爭，就沒有結束的一天。

只想聽肺腑之言。可有哪個國度、哪天新聞、甚至枕邊，了無虛言。

才知無論風雨陰晴，身爲人的基本素養，都是康強己身、護衛己心。

任憑謊布上再繡再繡再繡一朵、百朵、萬朵小花，用萬能的錢與權繡成教人驚心動魄的花海啊！卻因無根的緣故，元夕過後，一夕撤下。不知天地人誰誰誰灰飛煙滅了它。

錯位

一百萬次犧牲換不來一個和平的談判圓桌
一百萬次吶喊喚不醒一個裝睡的巨嬰老朽
一百萬次悲鳴震不動一個獨夫的無法無天
一百萬聲歎息敵不過一個拙劣的四字標語

一百萬次生離死別，只是一個故事的重複
而今，歌舞昇平，紅色帷幕
你只困惑
曾經的一百萬顆眼淚
為何拼不出此刻一個合格的幽默

2023.08.14

之間，我們。什麼時代才能有那樣的體貼？——談判和諧，止戈停戰，不必拿誰家兒郎堆積如山的屍骨來換。

之間，我們。臺上臺下的階梯能再少幾階？——有問能答，必有回響，窮極呼天撕心吶喊不會依舊聽而不見。

之間，我們。夢裏可否能有一圈共同的圓？——心身安適，有家有園，每年睡更沉吃更香的團圓飯益見歡顏。

新世界

路南

無動於衷面前心碎的無動於衷
千篇一律鏡中媚笑的千篇一律
萬眾一心身後苟且的萬眾一心
無怨無悔心中徘徊的無怨無悔

長吁短歎口中冷血的長吁短歎
風情萬種眼裏死魚的風情萬種
曲高和寡聲中阿諛的曲高和寡
千姿百態影下孤零的千姿百態

長勿相忘懷裏失憶的長勿相忘
德高望重屋內卑劣的德高望重

赤膽忠心旗下叛逆的赤膽忠心
千眞萬確之中虛妄的千眞萬確

長歌當哭之前讚頌的長歌當哭
千錘百煉之後潰散的千錘百煉
百花繽紛之中色盲的百花繽紛
萬馬齊喑之下腹語的萬馬齊喑

千奇百怪困惑重複的千奇百怪
萬紫千紅不解蒼白的萬紫千紅
俗不可耐革命教條的俗不可耐
大音希聲勸退吶喊的大音希聲

2023.08.15

除了人類啊，哪種動物能把如此純良，變成如此虛假？

除卻萬物之靈，哪樣東西能把如此簡單變得如此複雜？

難得雙手萬能，要過渡到哪個朝代才學得會萬萬不能？

慣於翻臉不認的，無比勇敢地把短暫無比的永遠許下；

善於成群結黨的，卸下萬衆一心面具後竟如許孤獨蒼涼！

最能講話的動物，何時吐露得出眞正靠譜的一兩句話？

——人都會死，死前，你仍如此飢餓著嗎？

「不知變通的不信春風喚不回的異類啊，傻子，你還在等我嗎？」

觀景

拼命鑽謀躲過誘惑的網
奮力擺尾逃過欲望的鉤
烈火是我的空城計
颶風是我的隱身裘
紅雨是我的障眼法
山洪是我的逃生舟

天光吻水
濁雲嘯遊
白晝幽眠
暗夜疾走
黑夢裏，我也精通殺伐捕捉 餐鯨解牛
觀景處，諸神已歿 屍體掛在枯樹枝頭

2023.08.17

濠水橋樑下的魚，惠子注目過，莊子交心過。戰國時代。

不戰猶戰的當代，詩人化身此魚，回頭觀此戰國之景、不戰猶戰之景。

欲望的網、誘惑的鉤，你擺過給我。

你文明善欺，教我空城計、障眼法、隱身衣。

你，你們，展演出示一座沒有神、遠離天界，樹木成枯、禽獸流亡唯屍骨見存的荒涼的悲慘的觸目已無心可驚的世界。

直到、直到有天，小學、中學、大學、再攻讀碩博，我習完人類給眾生開課，包芸芸悉盡習會奸狡機詐的學校。

北冥有魚如我，終於翻騰的不是巨浪，是海嘯；不是海嘯，是比山洪巨大億萬倍的怒吼，無預警的末世洪水，一舉把眾生遺憾悉數吞沒。

風行草偃

燒山伐樹，種滿野草
毀屋棄田，種滿野草
殺虎埋洞，種滿野草
降龍填海，種滿野草

野草忠貞，亙古不變的青與黃
野草柔美，毫釐不爽地隨風倒
野草漫散，野草無牙
野草整齊，野草聽話
只是——
山洪來時要被迫離家

2023.08.19

什麼樣的共同意識，會讓同根同仁之間，躍躍獵殺卓越、迫使沉塘？

什麼樣的思想價值，會讓一張穹廬之下、地球課堂之中，明目張膽放火焚山、訴盡委屈洩水毒洋？

還是權位無論高低、貧富不分上下，既無意識，也乏思想。

而詩人如草芥，隱身不拔。雨來折腰，踐踏平躺。只有雲破月生的夜晚，與湛藍天空下的秋蟲，起落鳴唱。

如響應答。蒼穹之下，聽您說話。

野草旅行

宵衣旰食的搶奪
春生秋逝的早夭
眾口一聲的依從
隨風起舞的輕佻

垂死前　山洪咆哮
離家後　無骨折腰
枯萎的飄蕩，莫名的饑腸
生死的泥淖，無聲的信條
故土無存，異域無光
只剩枯葉泥沙　孤零地合唱：
「風來吾倒，水來吾亡」的歌謠

2023.08.27

「風來吾倒，水來吾亡」。

聖雄甘地說，果眞有轉生輪回，來世請讓我成爲最低賤的不可觸族類——願能一起。

詩聖杜甫說過，安得廣廈千萬間，多想提供天下寒士遮風避體的屋簷——人凍如己。

當哲人張載視人民如同胞，視動物如同類——我們一起。

當東坡說：「是身如虛空，萬物皆我儲」——於是在我擁抱天地的同時，我也擁抱了你。

如果能沒有階梯之上，如果能沒有階梯之下。如果我們始終願意懷抱大地、貼近土壤。世界會不會成爲更遠離地獄、較靠近天堂的地方？

新學期

卑劣換上新裝走上講壇
虛妄塗上脂粉慷慨悲歌
善念帶上鐐銬落荒而逃
良知蒙上雙眼暗夜流浪

謊言拿起話筒娓娓道來
離析喝下麵糊僞裝整齊
眞相穿上殮衣排隊火化
公義插上斬條駕鶴歸西

2023.08.26

護住內在的善念良知　謀求外在的眞相公義
有人為此開啟有限涯生中的一年　迎接
家庭　學校　社會
教育　琢磨　攻錯
己心己行　的新學期

有人
攫取感官嗜欲所需　滿足利祿功名預期
標配傾倒眾生的虛妄　專攻勞不可破的謊言
年年歲歲
步步高陞　的新業績

都說

邪不勝正　限縮到

小苑一隅

蘭草哪天哪年哪季

擴而充之　攻城掠地

至少　斯文一脈

寂寞　猶然見

迎風乘御

可歌可泣

毒酒

（參聞一多〈死水〉）

路南

這是一杯欲望的毒酒
怪物蟲子在杯中游走
愚詐甘甜的白日高歌
正襟危坐的餐食鼠頭

這是一杯可口的毒酒
裸體粉蝶在杯中游走
猥獾獻媚的暗夜淫舞
西裝革履的縱火逍遊

這是一杯共飲的毒酒
枯枝荒草在杯中游走

有死無生的列隊折腰
整齊劃一的絕望等候

這是一杯永續的毒酒
三千年前到三百年後
取之不竭的錦囊妙計
樂在其中的嬰兒老叟

這麼一杯不舍的毒酒
也曾有人想把它偷走
還是交給蛇蠍去品嘗
毒物保存毒物才不朽

2023.08.30

什麼是中國人永續的
醉心？

怪不得凡夫把至樂
從功名紅袖裏尋

總有棵樹百年裏持恆植栽
總有一顆、十顆、百千萬顆
種子

於春秋更迭裏播種
滿園芽苗
被殷殷期待

朝暮　與不死的闃黑
交逢
在大道　在蹊徑

蹊徑裏留一盞燈
寓天地從容

大道上光暉灑落
定有陰鬱
暫時滅蹤

錯路

贔屓伏地，貔虎折腰
梟隼怒目，鯨牛蹣跚
豔妝濃唇，跛腳醜舞
鴉爪扭捏，歌喉撓肝

獸行地，金葉槐失色
羅剎園，秋月梨無香
一支迷路的和絃，跌跌撞撞 躲躲閃閃
才曉得，此聲白繞了一圈

2023.09.01

想從寺廟古蹟　尋訪您的印記
方圓氛圍依稀　恨炮火無情處
斷無消息

想從博物館院　拚湊您的日常
遺憾聯軍搜刮　手漬幾闕安在
異域遠方

想從弄堂里巷　覺察您的遺響
歌訣未曉從來　天真童謠吟唱

流傳可嘉　未解何妨

讀您誦您記憶您
漸漸有一個人
漸漸有十百人
漸漸有成千萬億個人
志子之志　心君之心
舉您之舉　止您之止
舉手投足彷彿　您之舉手投足
千年往矣　丹心相印
聆聽共鳴和絃之歌

某些

因爲某些原因
之前某些時間發生了某些事情
某些空間裏的某些人
展開了某些名曰某些的活動
某些人死了，某些人瘋了
某些人富了，某些人窮了

某些人跑了，某些人怒了
某些部分發展到某些階段
某些人喊出了某些口號
某些活動被某些擔憂終結
某些事情再無人提起
因爲某些的某些原因

2023.09.02

你怒了 所以我不敢了
你哭了 所以我不做了

你不耐煩 所以我不說了
你已讀不回 所以我不提了
你不按讚 所以我消音了
某些我漸漸把我的某些又某些
凍結 之後漸漸
埋了

王后

健虎逐鹿，飛鶴啣石
王城廣廈，困身如獄
怨　舊佳人暖不得新肝腸

宮女燃燈，神獸展翼
人王銅杵，片刻歡愉
歎　萬斤酒銷不掉百斤愁

彈劍憂歌，金犬伏地
劍有芒兮，犬無憂兮
恨　巾幗英換不得男兒身

太行險兮，故國千里
石墓牢兮，金縷玉衣
悲　縱有來世，誰解心中記
哀　若無來世，誰負此生義

2023.09.03

設若落地便是男兒身，
從中原到邊陲迢迢路，
我便可爲國拉弓躍馬，
無需俯首低眉
擦脂抹粉遠嫁……

筐床神獸　魚貫宮女　不敵
魂縈夢繫　垂髫玩伴
一窗一瓦　皆是圖畫

爲我澆愁　春寒浴衣　一如
身後所賜　玉衣金縷
滿床冰冷　殘照簞色

王賜予那麼大缸酒水，
我從來只想要一瓢啊！

愛　長安道上望樓誰猶等我
恨　分明初生一哭在武將家

唯一的一

路南

你是唯一的奴隸
唯一的文書，唯一的囚衣
唯一的寢貌，唯一的軟膝
唯一的一

一個人捏春夢，一個人學牝雞
一個人翻舊轍，一個人腫面皮
唯一的一

一個人的裝裹帽，一個人的荒誕戲
一個人的白紙錢，一個人的小丑劇
唯一的一

一個人生育、一個人言語、一個人共飲、一個人算計
一個人挖河，一個人樓起，一個人刻碑，一個人無疑

最後的園地
頭上，灰白蒼茫
腳下，枯枝荒草
只剩自己呼天搶地、咧嘴哭泣
因爲你是——
唯一的奴隸，唯一的一

2023.09.05

我想墜落到底層　底層的最底層最
底層的更底層去　感受你沒人感受
過的傷感與傷痕

奴隸的奴隸　囚犯的囚犯　醜人的醜人
向跪拜者求饒的跪拜
同孤單者自戀的孤單
與獨白者對話的獨白

不足稱道的善惡
無足紀念的風涼

爲獨居者收屍的天葬
無人燒灰無人知曉無
人立碑無人憑弔這兒
死的管他是青紅皂白

天地人如此　誰說並稱三才
不然我試著
翻倒過來

同舟

路南

遠處孤島——
囚徒在燈塔裏摸眼鏡
身披永不緩刑的號服

船一直沉，一直沉，一直沉
早餐是一杯鯨魚奶，一碗熊貓茶
耳邊是瓦格納的指環

船一直沉，一直沉，一直沉
遊戲是你死我活的賭盤
開局不能退出，也無法勝利兩次

船一直沉，一直沉，一直沉

信條是「天選之子只有我
不會浮水，卻可以安全抵岸」

船一直沉，一直沉，一直沉
船歌是〈我死後，哪怕洪水滔天！〉
生者聽不見死者的哀嚎

船一直沉，一直沉，一直沉
劇本是一個人掌舵，一群人賭博
沉船後劇本重來

船一直沉，且只有一個劇本

2023.09.11

近在七尺——船上只一條魂，舟身就一個人。五臟六腑起爭端，十二經絡也失衡。

肝腎在熬夜裡起火，胃酸因沒納食鬧騰，膽汁久盼化成了石，肺枯萎在煙漫晨昏。心啊～再禁不起這麼抑鬱的不平，那麼濃郁的思念，日夜新添的糾結……

誰！來給我們解決、平定、安撫、德澤、療癒、治理這些？亟待小舟的主人翁醒來，平亂、收復失土。

去哪了？主人翁去哪了？說主人翁焦心去看千萬家失火，痛哭萬千家陸沉。

過盧溝橋

日月何在，天地一灰
千里咫尺，紅蛇疾飛
群獅苦笑，石象弓背
獨路無枝，孤橋有悲

霧，聚之肺心不散
霾，凝之肝腸不潰
風，嘯甚寢醜登臺
沙，哭甚蟲鳥相隨
且投筆，不如一醉

2023.09.16

古蹟與今人，同處在一個世界。歷史與當代，在無數的此時此刻啣接、交疊。

歷史中的石獅問我：你愛我嗎？我問寄身當代的石獅：你住得慣嗎？

你留，我走。

我們無法交換年華，我們無法交換形容，我們無法交換身份的標籤或內涵的靈魂。

唯一能交換的是設身處地。當我與你擦肩而過。

窗外窗

一點五平方白光
一千尺鴉雀蟲藏
五十車暖腹洋灰
七十載提拎心腸

吾觀君是瞽瞍矇
君視我如膂心誑
吾謂汝似呂馬童
汝歎我乃中山狼

2023.09.18

從我普通大小的窗望向你普通大小的窗，在我普通大小的房彷彿你普通大小的房，當燈把黃昏的窗口一起點亮，也許我們望見過彼此模糊的模樣。

同文同種，修齊治平，里仁卽美。共守大城小鎮，理當還有先秦唐宋歷史的輝煌。當遠水救不了近火，可是提水救火的近鄰哪！肯定可以相視而笑，駐足偶爾閑話家常。

何冤何愁？一層樓地板成了千年牆。同渡數十年電梯，從不說話、從不交會彼此的目光。

究竟什麼是決定唯一互視那回眼裏的劍影刀光：我視你如呂馬童，你視我如晉心誑？

等會吧，請再等會。——每回對窗。可憐七十年過去，我還在想。

嘆詞

鏗鏘頓挫的無聲
邏輯縝密的無理
澤惠衆生的無用
力拔千斤的無力
正顏下，醜態萬狀
眞理中，無盡惡行

路南

——感歎之前

野獸攫住我的臂膀

耳中灌入牠的嘆詞：

這世界，真好！

2023.11.25

「別說了！」號令自己緘默的，是胸膛裡方寸之間？是與該當最親近的人組合而成的家？還是這供我們居留一生的世界？

「別想了！」最終讓自己不得不放下的，是聖賢書裡的一句話？是終於下定決心的決心？還是教會自己絕望的外在世界？

「別給了。」發現這一天自己異常冷靜。如果送暖回應的是雪地。如果肺腑之言相看的是漠視之眼。如果愛的回應是這都是你自以爲是的愛。

那慶幸自己。從此能向心頭澆灌。從此能惜此身餘命。

帳單日

彤雨欠藍天幾朵黑雲
暗夜欠綠雀幾縷晨曦
紅葉欠灰樹幾世依偎
白骨欠青棺幾許柔月

欠的不可還
還的也是欠
帳單日到了
糊塗世界，又多了一筆糊塗賬

2023.11.28

雨落之後，山的寂寞，故雲難償。
日出之前，雀的翅膀，無處翱翔。
連理枝頭，紛紛紅葉，無誓成荒。
白骨不要青棺陪葬，留在地表，倍賞有生之年其實
難得的月亮。

我給的都是還，你沒有欠。
你給我的已超額，莫思還。
你欠的唯之前透支的愛與光，請向自身郵筒投遞，朝所有愛你的人都覺最最珍貴的自身安放。

先知的日記本

路南

窗前幾把刀　門後一團火
桌上六塊肉　殺掉蘇東坡
你別怪我，是你惹的禍！

昨夜鬧分家　明朝假意合
誰言公僕死　殺掉聞一多
你別怪我，是你惹的禍！

戰勝不可勝　眞理色斑駁
休說新人老　補上光電波
你別怪我，是你惹的禍！

血書自由詩　自由奈若何
無名抑無姓　填上無字歌
你別怪我，是你惹的禍！

棄了舊染缸　無手鑄新缽
遙望天山雪　足下枯無河
你別怪我，是你惹的禍！

2023.12.08

肉，就只是肉了。

再咀嚼不出逆境裏
拔毛炙皮扎繩慢煨
細火上色酥爛直至
大切八塊始能品出
入口卽化入魂煎熬

墜落生命幽谷憾再無
黃州範將子引渡魂招
本以爲晚出之幸正在
百歲身能活千載精采

書猶在該憐誰
狠將一脈焚燒

花之國

無水無源的浩浩蕩蕩的荒原上的一段沉痾朽木
無愛無恨的天黃地濁的戈壁中的一節早亡病株
無語無聲的冰火兩重的沙海下的一刻匿名孤獨
礫石改個名字——含苞
枯河換個說詞——葉脈

暗夜千星
黃色玫瑰的花之國
祥和裹著祥和
奔赴下一個　吞沒上一個

2023.12.07

沙漠化的價值，沙漠化的世界。流域竭枯之前，誰攫住一顆文明的種子，並且服食。

一葉脈芽苗生長，一花苞枝葉延伸。以種子爲中心、從種子之田，時刻積累向外擴充的能量，源源不絕。直到花苞結出果來，果香四溢，更多的種子散落土地。

蒼天有雲，垂憐落下一場雨。在無水無源的荒原，在無恨有愛的戈壁，在抱一種子的孤獨之域，天降甘霖，成就一顆明珠、一泉月牙。

天地人協力，保住從此萬千年，播種千萬。發出新的芽，開出新的花。

問答

「湯冷了，你喝不喝？」
眼中是光彩如初的你
遙不可及，隨手放棄
夢醒前，虔心祈禱：
下次請讓我遠離！

「湯冷了，你喝不喝？」
屬鏤問鹿盧：愛卿可知罪？
太眞復長白：佳人未有悔？

「湯冷了，你喝不喝？」
蒼穹下可有眾生？
眾生在安知蒼穹？
樂土上可有荒原？
荒原在安知樂土？

「湯冷了，你喝不喝？」
如何選擇一種沒有困惑的生活
不再困惑生活只有一種的選擇？

——

「喝完過橋！」

2023.12.12

「湯冷了，你喝不喝？」

剪輯今生最後完結，哪些片段你想剪裁刪去？哪些祈願永恆帶走、反覆咀嚼？

舉凡溫馨的、關愛的、體諒的，我細品再三、一一致謝，今生來世，回報無屆。

而那些幽暗的、穢濁的、陰狠的、殘酷的也想全數保留，方得回應以坦蕩與光明，學會包容與無畏。乃能有光，從最闃黑的夾縫處源源流瀉。

生白虛室，心如朗月。再無塵染滯留。莞爾生生，空無憾恨。一笑。

「喝完過橋！」

一個人面對自己

記憶碎片

一個足球，一頂頭盔，兩個空酒瓶
一張海報，兩名舞女，胡先生的舊書
雨中東倫敦的濕草坪，西山大安鄉的落花汀

一次歡欣的聚餐，一次陰鬱的獨酌
一場撼人心肺的畫展，幾回一廂情願的追逐
一個少年走進隔壁書店，選了一本《告誡人生》的書

2023.04.06

用歲月交換過的記憶
用赤忱交換過的情誼
顧影生命櫥窗的那天
哪些合適錯過
哪些著實不必

哪些用心無悔
哪些一路珍惜
可否因此知曉：
餘生，堪餘幾？

風沙

爆騰蓬亂的土
肆意潛行的風
佝僂直立的人
蜷縮依偎的狗

路南

霓虹燈想抬起頭問候一聲新月
舊火車想停下來安慰一下司爐
過客假裝自己是老相識
歸人以爲自己是夜奔者
漫天的風沙攪著漫天的孤獨，在大地上狂奔

2023.04.11

不同姿態的士，不同性格的風，有無氣節可說的人，都只成一條蜷縮而渴望依偎的狗。

如果還能給遙遠而不相識的誰一聲問候，照面而不曾理會的誰一句安慰，一生只會一次擦肩的路人一絲微笑，是否蒼天之下后土之上，就能有同道。

心情彷彿林沖夜奔。

流

白練裹著碎石在頭頂逆流
清澈的記憶碎片睡在河床
膝行的軀幹從墓碑裏走出

泥漿灌進骨洞中化成明眸
他回到二十歲給自己裝殮
他們合唱死者與生者的歌

2023.05.01

我們的死生，其實是在生死之間流動的。
如果今生允許倒帶、回頭。
那麼，究竟幾歲。就需爲曾經的自己，寫下理想的墓誌銘。
幾歲。就該爲一片最純粹、熾熱學習的初心，大斂。
幾歲。只留無肝膽可照、無靈犀可通、未盲卻已失明的雙眸，在人間尋索，功利食色。

幾歲。我們站立如同倒下。自師成心如同自埋自焚。失去胸懷蒼生、放眼天下的全視野了。從此遮眼，略過天空、草原、流雲和玫瑰的顏色。

世界與愛，一起縮小成小蛙仰望也不見充沛陽光的小小、小小、小到不能再小的，井口。

詩人供迭吟者旁觀、反思生命的一席。去閱讀流動的生命中，隨時都在出生入死的，自我之死生。

仍在死生之流中的你我啊。會因讀之吟之，更加珍惜亘流河中某齣某人某事，甚或改易洲流中搴前行抑或退藏的主意嗎？

我會。

雨

雨
湍急
洗什麼
灰色情緒
片刻靜謐後
烈焰挺身而起

山火與怒火繼續
燃盡污濁 燒毀大地
在火裏 獵手許會退去
獵物逃向下一個網——獻祭

2023.07.21

雨

天籟

洗人間

濁穢塵埃

滌不盡難淨

年少之愛而今
助燃山火如洪鐘
美洲澳洲遍野全球
澆不熄的遍燃火來毀
示警劊子手將最後獻祭

重生

欲望的枯枝
你也曾繁花滿樹
你也曾愛不顧身
而今
春風喚不醒你的雙眸
夏雨洗不淨你的殘夢
秋陽暖不了你的冰唇
冬雪掩不住你的孤伶

路南

只待崑崙崩塌，河海陷落，天地渾濁
將你裹挾其中
一萬年後
一個盲童，撒一把山火
烈焰中你重生
煙騰霧轉，縷絲氤氳，流入乾涸的身軀
化作那少年的一雙明睛

2023.07.26

一萬年不愛與一萬年之愛，何者爲深？
張眼望冰封容顏，閉眼存初見春顏，哪張教人無意睜眼？

倘能縷絲氤氳，日益蓄積於周身。待到一團真火和煦，煙騰霧轉，一刻將乾涸浸潤、寒凍銷融。陰來濟陽，炯目盼兮——重生何待來生。

丟詩

不小心丟了幾首詩
竟記不起哪怕一行
恍惚記得有「新衣」二字
模糊中再無清晰字樣
是情緒　是故事？
是欣悅　是哀傷？
是血債　是恩德？

是復仇　是逃亡？
是有恨　是無助？
是自嗜　是群殤？
是憤怒　是惶恐？
是悲歌　是自戕？
記不起了，我丟了詩
記不起哪怕一行

2023.08.05

詩人把眼神和心留連的地方寫進詩裡，剎那遂凝結成久長的印記。

而當久長落入碎紙機般的誤區，丟了詩的缺憾究竟爲何？攸關情緒、情感、情愫？牽繫身世、家國、天下？

也許並非詩人的每個人，並未丟詩的每一天，我們的憤怒與仇恨，燃放在惶恐的板蕩當中。我們的封鎖與珍藏，儲存於無止的丟失當中。我們的眷戀與懷想，收納在停不了的淡出、遺忘當中。

話說回來，倘生命中無法承受之輕的記憶，是傷痛的燎原。那麼丟失與遺忘便是奇異的恩典。

何日能出入皆淡，順其自然。

五十一層雲間

獨自　立足　五十一層雲間
尋覓　俯視　二十一歲身影
他　在迷霧中堅定的流浪
我　在穹頂下迷惘的佇立

暮靄奇襲
一只紅隼獨飛
我們並身一秒
各自參悟生命的必與不必

2023.08.24

你應該屬於草原、海邊、林地，甚至懸崖、廢墟、牧場，而不是世俗念想的高樓或繁華如此擁擠的地方。

紅隼與人，五十一層雲間並身。卽便已是不同物種的今生今世，相照僅只一秒。透漏心事的眼神，還是把此行的要與不要確認。

飛

一個人跟一個人說愛我
一群人向一群人開火
蒼生巨細 因人受迫

路南

沙丘無憂泛沙海
雨林誰聞楚歌
故國原名水
雪山失色
天光烈
孤零
火

2023.09.03

情苗燃起的，烽燧燃起的，誰燃起誰的人生？皇天之下，后土之上，螻蟻巨樹，誰安生而不被燃？而當火燒雪山，雪山也火，誰能度量，孤零的是雪？還是火？

你是孤零的火。而我是雪山最後的一片雪花。

無端

天地慟哭，頑石假意
眞情難渡重關
枯木無心，飛沙腸斷
咒詛暢行千里

路南

紅雲去留，人馬疊遠
掛記繩斷心尖
曇花自棄，野狐欲吻
百事撓擾無端
誰恨，紅顏愁苦覓紅顏
且飲，一杯淚酒銷萬般

2023.09.08

你獨白，我在千里之外回應你。
你落筆，我在千年之後閱讀你。

因爲同聲相應。所以獨酌的夜，山花就坐在對過，
明月就坐在對過，花影就落在階前，我也就坐在對
過。所以請你，莫要傷心，莫要傷心，莫要傷心。

遙遠的天際，星星正幫我，對你眨著眼睛。

狗（之一）

路南

住在狗島的一只狗　一只住在狗島的狗
風吹翹尾，雨淋昂首
肚餓，到公園轉轉
身冷，去河邊走走
遠處，是光彩奪目的流火
腳下，是楓葉乾枯的泥溝
遊過這河，許被收留
送上金項圈、暖身裘
但——要失掉流浪的自由

住在狗島的一只狗　一只住在狗島的狗
風吹瘦皮，雨淋疲眸
肚餓，舔一舔腳趾
身冷，抖一抖狗頭

遠處，是無法抵達的樂土
腳下，是乏力支撐的行走
遊不過河，無處停留
與身俱亡的自由啊
無價的美，無價的醜
死神也不能寫一首打油

住在狗島的一只狗　一只住在狗島的狗
風吹僵耳，雨淋鏽齒
河底，再沒有肚餓身冷
夢中，脛骨鑄成項圈，皮毛裁成暖裘
獻給——另一只——早早覺醒的——
不要自由的——狗

2023.11.03

二千四百年前莊周寫過一隻寧願選擇野外求生，也不甘心被食色功利豢養的雉鳥。

二千四百年後詩人寫下一隻寧願選擇居住在東倫敦狗島飽受風吹雨淋肚餓身冷，也不甘心被對岸那光彩奪目能賜予金項圈、暖身裘的富貴人家飼養。

莊周筆下因此十步才能一啄、百步才能一飲的澤雉，看來是無悔的。是否因其緣此自由自主自在自取終得擁有磅礡之氣可以浩瀚無涯的遼闊天空？

而詩人筆下狗島的狗，終究認清無價的美、無價的醜兼具的自由，待到僵目鏽齒，河底已死，自然再也無悔可說。

從戰國到當代，從東方到西方，從人到澤雉到狗，不必因為出身高下、站隊正確與否的絕對公平的自由，究竟哪日，人人擁有。

狗（之二）

路南

尊貴的貴尊
敬愛的愛敬
還記得嗎
我在孤島

鐵車鏽腐
膠輪蔓草
還記得嗎
我在孤島

雨水相濡
殘食海藻
還記得嗎
我在孤島

皴皮拖地
瘦眼無光

還記得嗎
我在孤島

低吼無聲
海鳥高翔
還記得嗎
我在孤島

尊貴的貴尊
敬愛的愛敬
還記得嗎
我在孤島

無需愧疚　我已替你們懺悔終老
且勿歸來
餓欲彌漫著孤島——
誰信主人不可以被咬

2023.11.03

最尊貴你、愛敬你的，最該被你放在心上、抱在懷裡的，最最需要你、沒有你的餵養很難存活的，最最不該被你遺忘的，把你當主人的一隻狗。

這隻狗。不僅三疊陽關，合計六次疊唱：「還記得嗎？我在孤島。」

居所鐵車鏽腐、膠輪蔓草，餐飲雨水相濡、殘食海藻，朝暮生活如此，親愛的主人啊！你還記得我嗎？皴皮拖地、瘦眼無光，親愛的主人啊，累月經年，您眞的還記得我嗎？吠到無力、吼到無聲，被主人徹底遺忘的狗，該在第幾次疊唱時不再聲響？只懷抱恐懼、徹底絕望。

詩人悲憫之心召喚的、想護佑的，莫不是人間清醒抑昏昧、那早被棄養多時之，芸芸之人與狗？

還早

路南

我——慈母已老，嬌兒尚小
不急著坐牢
還早

新歡不歡，舊愛無愛
不急著坐牢
還早

悲歌未譜，豐碑斷稿
不急著坐牢
還早

餘燼無盡，暗夜未央
不急著坐牢

還早

你——膽怯輾轉，增刪忐忑
忙著築牢牆
心焦

懺悔無辭，申白無聲
我也不想——
誰願意生來就是一團恐懼的火焰
攝魂奪魄，犁庭掃蕩

憐惜你的卑怯，何物抵償
只能還一句無字的旁白——
你的心焦　我的還早

2023.11.03

「我自橫刀向天笑」，誰能？

依然躁動的火，在這世界陽光進不去的、不知公義平等爲何物的角落，恍惚地、自由地、純眞地擴散。

你燃。你是教誰恐懼害怕、極力阻絕擴散的火焰，最好儘速嚴查將你囚禁在暗無天日、不透一絲消息的牢房。

你燃。爲聖主、爲長夜、爲蒼生。卻也顧盼慈母嬌兒、鶼鰈情深，有詩欲寫、有志未酬。

不饗難安，申白亦然，諤諤誰敢？「去留肝膽兩崑崙」。

小雪

霰雪逃離雲屋一刻熱血
梧桐突圍晨霾霎時覺悟
孤煙墜入蒼穹自欺煙海
枯枝抖擻虛無發誓不哭

落葉托著腳印
一步一步後退，一絲一絲破碎
捲入永恆的凜冬
自此，再無溫涼寒熱的煩惱
因爲春天——
不會再來

2023.11.25

雨霖十日。
雪淋十日。
故人在落不盡的雨裏。
故人在飄不盡的雪裏。
雨中共守著梧桐，
雪中相待著寒梅。

走在古路的今人，
引渡今人的古路。
渡我乘風乘雨乘雪，
引君御雪御雨御風。
像風一樣自由，
像水一樣溫柔，
想把四季都給你的宇宙，
爲何還捂不熱你的胸口？

過橋

霜月淡影，群山孤姿
白橋褐樹，冰河淩枝
古都迷途，榆槐蕭疏
舊人失路，畔草根枯

路南

一團轟鳴裹著一團熱
闖入一團無辜的寒露
頭頂鋪一張湛藍的紙
我在猶豫——
邀誰寫幾首無字的詩

2023.12.01

人活「在意」之間。食色功利之外，晨曦澹月之間。洪水走過，淘根蝕土，斷葉殘枝。一座橋過，天涯故人，就此在回望故都的故路迷途。

蕭條冰河之間，前行的轟鳴聲裏，驅車的發動機還暖著、騎士的心還熱著，像一團火球誤入絕冷的霧露。仰頭卻見蒼天賜予的今天，如攤開一張湛藍無比的宣紙——於是想，該邀誰寫幾首不需琴聲，就勝過琴聲的樂曲？不需文字就勝過文字的詩！

詩人，活在意，之間。

輪回

沙 星辰
戈壁 紅柳根
病駱駝 石佛斷身
問生死客 幾道寬窄門
彩衣著朽木 青絲一夜霜紛
泛舟荒原獵鯨 一輪回得一草根

路南

回眸處鐐鏽枷冷 酒薄樓高斷魂
抬望眼蕭蕭葉 牽腸處何人
情仇怨三城 鐵齒厚唇
暗夜自畫 雲之雲
山之山 敢恨
皎月 塵

2023.12.04

人究竟何處投身，最有益升進永生的靈魂？

上窮碧落下黃泉。詩人的靈魂環抱汗漫星空，問天上多少微塵？然後落腳戈壁，見飢渴病累駱駝與石佛，終究也斷身如微塵。

若有轉生登記處，個人可自由塡寫人生大綱表。那麼明知轉瞬將成微塵的一切，誰會對貴賤貧富順逆起伏的命途較眞？

是誰爲東坡安排、教東坡擇取，如此難以安身的一生？才學得會用「安心」安住難安命途，並以詩詞文章傳世不朽精神。

詩人因此不耗盡力氣留住留不住的容顏、白骨與青春；不會在瀚海逐象、在荒原獵鯨。只夜深自省：我是誰？我爲何而活、因何而生？卻見縈繞心尖、牽腸處，猶留佳人。

願偕行相照，用心若鏡。

願更心愛，返本全眞。

寄十九歲

自己

仲夏驚雷　誓辭刻在雨幕

凜冬霧月　信條化身煙靄

深秋飛雁　故土豈非他鄉

早春醒蛙　夢覺亦是一夢

四季往還廿年後 驚眸——
背叛如衰老 毋須努力

2024.01.17

十九歲的痴心鐫刻成十九歲的誓詞
十九歲的信仰條理出十九歲的信條
十九歲傷離時誰覺察落地盡是他鄉
十九歲的蛙井口再小所望仍蒼冥哪

廿年過往還信蒼天有眼人間有天嗎
廿年往矣才知道雨幕煙霾故園一夢
才是天涯不輕悔改信守故約的神話

新人間409

我不知道夜

原作／路　南
和答／月　白
編輯／劉孝聖
協力編輯／謝翠鈺
行銷企劃／陳玟利
插圖／蔡銘山
視覺設計／楊啟巽工作室

董事長／趙政岷
出版者／時報文化出版企業股份有限公司
一〇八〇一九台北市和平西路三段二四〇號七樓
發行專線／（〇二）二三〇六六八四二
讀者服務專線／〇八〇〇二三一七〇五
（〇二）二三〇四七一〇三
讀者服務傳眞／（〇二）二三〇四六八五八
郵撥／一九三四四七二四時報文化出版公司
信箱／一〇八九九臺北華江橋郵局第九九信箱
時報悅讀網／http://www.readingtimes.com.tw
法律顧問／理律法律事務所　陳長文律師、李念祖律師
印刷／勁達印刷有限公司
一版一刷／二〇二四年二月十五日
定價／新台幣四五〇元（缺頁或破損的書，請寄回更換）
ISBN 978-626-374-966-5　Printed in Taiwan

時報文化出版公司成立於一九七五年，
一九九九年股票上櫃公開發行，二〇〇八年脫離中時集團非屬旺中，
以「尊重智慧與創意的文化事業」爲信念。

我不知道夜／路南, 月白作. -- 一版. -- 臺北市：
時報文化出版企業股份有限公司, 2024. 02
面；　公分. -- (新人間；409)
ISBN 978-626-374-966-5(平裝)
863.51　　113001584